KB261969

하늘 목장

김춘추 시집

문학세계사

딴 세상 아버님께

당신은 늘 저랑 함께 계십니다.
제 안에 살아 있는
당신의 정과 한과 웃음이
모이고 모여 이 작은 책자가 되었습니다.
원래 당신의 것이었기에 저는 감히 눈물로
당신께 돌려드립니다.

1998년 봄
김 춘 추

1 모슬포 바람

2 유년의 강

1
모슬포 바람

새싹 · 데뷔

—싫어
추워
안 나갈래

등을 밀어도 밀어도
막무가내인기라

약오른 햇살이 머리끄댕일
끌고 아직, 파란 피가 시린
모가지를 빼놓자 냅다
한 곡조 뽑는다

—날 좀 보소
날 좀 보소
동지섣달…… 나알 조옴 보오소

뻐꾹새에 의한 단상

1

대명 천지에
귀신한테 홀렸는지

靑靑 하늘에
목소리만 내밀고

온종일 조초롬
웬, 청승일까

골짜기마다 고인
저 서러움은

팔랑이며 떠난
순이 댕기꼬리 같다

2
눈물샘이 말라
팔 눈물도 없다

파산된 哭婢業——

석 류

죽은
별들이
홍학의
이마에
내려

학춤
같은
새벽이
절로
영글면

홍옥
취옥
햇무리
눈이
시린다

母 音

——魚羅淵

가만히 일곱 살 적
귀를 열면
물레소리
베틀소리
빨래소리
──울 어매랑 같이 살던
그 소리들이
실비를 씨줄 삼아
버들치 어름치 비늘로
비단을 짜다가
하이얗게 썩은 머리다발
내 초겨울의 나이도
비단 헹구듯 헹구고 있다

모슬포 바람

갚아도 그만 말아도 그만인
탁배기 너댓 됫박
그 맘만치나 넉넉한
모슬포 바람이
가파도 마라도 잠투정을
안개로 는개로 덮어 주다가
달빛 한 보따리 이고
이어도로 간다

마라도

까치봄 봄색시는
몸풀고 누웠다가
꽃신 한짝 남겨놓고
바람처럼 날아갔다

벤자리떼가 데불고 온
고사리장마 떼구름도
시방은, 한라산 어깻죽지
한쪽 귀퉁이에 둥지를 텄다

등이 굽어도 물질이 그리운
하얀 머리 으악새*는
아직도, 귀때기가 파란
새끼 파도를 굽어보다
졸고 졸다가 굽어본다

* 억새풀

白夜池에서

은하수 구만 평쯤
내려와 앉은 白夜池에
북두칠성도 밝혀 놓고
반백년도 더 묵은
낚싯대로 잃어버린 내
그림자를 낚고 있는데
문득, 찌를 올리다
올리다 자바라지는
소쩍새 울음 소리——

이어도

탯줄이 없어
울음도 없다

아우라지에서
—— 七夕

목이 타 산봉우리가
내려와 앉은
강의 사타리에서
바람은, 山茶花 피듯
핀 노을을 흔들다가
물이랑을 따라
山寺의 종소리도 심고 있나니

이윽고, 거문고를 울리며
눈뜨는 별들——

相思花 별밭에서
홀로 빛나던 각시별 하나가
눈썹 위로 날아와
나더러 같이 별이 되잔다
독수리 날개 타고 올라가잔다

가족사진

헌 초승달 두 쌍과
새 초승달 두 쌍이
눈썹이 앉아 있을 자리에
도, 솔, 미, 솔로 떠 있다

이 별

빌어먹을! 누가
요초롬 큰 눈물샘을
심어 놓았는지

심장 옆에——

북십자성

호수에 밤이 오면
예배당 꼭대기 위에
북십자성이 떠 젖는다

바람이 불 적마다
별떼는
백조가 되어 미리내 고향길을
하늘하늘 날아간다

대낮에도
날아간다
눈감으면——

겨울·플라타너스

너랑 나란히
빈손으로 서서

텅빈 하늘을
머리에 이고

바람에 된통
귓불도 맞지만

아무래도 너처럼은
벗을 수 없구나

육장 칠부가
비워지지 않구나

겨울강

허리띠 졸라매고
가늘게 가늘게로 흐르는 세월의
꼬랑지를 깨금발로 서서
갈대는, 저희끼리만
알아듣는 목소리로
"바람 찬 흥남 부두"에
"두만강 푸른 물"도 보태고 있는데
바람 따라 흘러온 청둥오리 한 마리
저 혼자서 봄이다, 봄——

위 안

어느 일요일 무심코 몇 권의 시집을
뒤적거리다가 난 깜짝 놀랐다
"접시꽃 당신"이 그랬고 "내 안의 사랑이"
그러하였듯 이 땅의 시인의 사모님의 위가
안녕스럽지 못했던 사실을 발견하였기 때문이다

물론, 속이 썩는 속도가 남보다 빨랐다든지
삭히는 속도가 너무 느렸다든지 하는
"의학적 문제"는 배제하기로 하고
아무튼 한 분은 삼베옷에 싸여 돌아가시고
다른 한 분은 32kg의 다이아몬드로 돌아가시고

홀로 남은 늙지도, 젊지도 못한 "반쪽 원앙새"는
그리움의 호수를 깊이도 없이 자맥질만 하시는데
그 물방울 튀기는 소리가 들리는 듯하였다
옆에서 곤히 자는 집사람의 상복부를 어루만지면서
난생 처음 "시인이 못된 후회"를 후회하기 시작하였
다
　용서하시압!

신상명세서

본적: 경북 예천군 용궁면 금남 2리
성명: 黃木根
자연 연령: 600세(추정)
키: 15m
가슴둘레: 3.2m
재산: 부동산 2천 8백 21평 외 매년 쌀 다섯 가마의
소작료가 짭짤함

푸른 삿갓 쓴 신선 같은 그는 지난해 종합토지소득세
8천 2백 30원을 납부한 우수 납세자임. 정월 대보름과
백중날엔 어김없이 제사를 지내 온 동네 동티를 예방해
주는 재주가 비상함. 그 공로로 郡에서 나온 2백 50만
원으로 건강진단을 받아 회춘하고 또, 회춘하고 있음.
　"천연기념물로 모셔야 한다"고 매미랑 때까치들이 매
일 농성중임. 참고 바람.

미공개 문건

제목: 집단 민원 발생에 관한 건
수신: 옥황상제
발신: 염라대왕
발송일: 단기 4345년 12월 23일

아직 어려 이승도 저승도 분별 못하는 가잿골 출신 망자들이 다음과 같은 민원을 제출하였기에 이를 보고함.

다 음

숨이 찬다. 일 억 모아 줄게, 가재 두어 두름만 잡아 와 다고.
고, 애띤 것이 뒷걸음질로 맥힌 숨통을 팍 뚫어 줄긴 깨 기십 년은 더 살 꺼 앙이가. 올 때 참한 가잿골 바람도 한 자루 덤으로 메고 와 다고. 숨이 찬다.

추신: 본인이 직접 가잿골을 방문 확인한 결과 쌔고 쌨던 가재는 씨가 말랐음. 다이옥신만 지천이었음. 물

론, 달 탐사 때 쓰던 마스크를 씀은 잊지 않았음. 끝.

　제목: 상기 건에 관한 답신
　수신: 염라대왕
　발신: 옥황상제
　발송일: (지워져 보이지 않음)

　올 것이 왔다. 귀하의 영토도 노출되었음. 속수무책
이다. 식솔을 거느리고 즉시, 안드로메다로 이주하라.
행운을 빈다. 끝.

2

유년의 강

비목

온몸으로 칼바람
칭칭 감고
흰 피만 흘리다가, 이차돈이
가듯 그렇게 간다

사람아, 수달의
그것마저 뽑아 먹고
수달이 다 된
사람아

이승에서 불던 바람이
저승에서 불 그 바람이듯이
내 피는
기어이, 네 피가 아니었더냐

까마귀 고기
구워 먹고
까마귀가 다 된
사람아

우화·징거미

제 키보다 더 긴
自然産 포클레인으로
물에 빠진 달을 퍼
풀밭에 모셨더니
옥토끼 한 쌍이 뛰어나와
앞발 들고 머리를 조아린다
계수나무는 눈썻고도 뵈지 않고
오매, 우짤낀교
도로 집어 넣을까 말까

綠 藻

——낙동강 하구둑

녹색 너울 파도 위에 뜬
군함 같은 구름 수십 척이
내 눈에다
녹색 대포를 쏜다

피융 피융

(산과 들을 지고, 강과 바다에 내다 버린
고려장의 허물이 둥둥 녹색 구름으로
하늘에도 고여 있다)

으아악

유년의 강

　　　백사장이 허이얀 섬진강만한 강이다　　　소달구지
길 따라 따라 흐른다　　　어린 내 눈에서 흐르는 어
린 그 강은 은어도 참게도 붕어도 뱀장어도 가물치도
모이고 모여 강강수월래로 하늘에 달도 띄우고
쾌지나칭칭 하다가 날밤도 까고　　　수달이랑 숨바꼭
질로 먼동이 튼다…… 시방, 그 강은 황소개구리가 찬
넬메기가 베스가 불루길이가　　　떼지어 와 기와집
짓고　　　고래등 타고 사냥중이다…… 어른이 다 된
그 강은　　　연필심처럼 가늘게 실개천으로만 흐르다
가　　　실타래로도 흐른다　　　목숨뿐이다

옛동산에서

대왕 팔랑나비 뒤에 왕 팔랑나비, 그 뒤에
또 어린 왕자 팔랑나비…… 개망초 꿀풀
이마를 밟고, 길도 없는 길을 줄줄이
팔랑입니다 수풀은 떠들썩 팔랑나빕니다

굴뚝나비 길 따라
굴뚝이 서고
돈 무늬 연기가
팔랑거리니

눈 씻고도 나빈 보이지 않아
사마귀는 우두둑 이를 갑니다

겨울비
—— 아기예수에게

쪼르락 쪼르락 봄비 같은
헛비에
개나리 필라 겁난다

미숙아 키우듯
보육기에서
봄을 기를 수는 없고……

참나리 모란도
끼어들까
줄줄이 걱정이다

古 方

발정난 蘭의
암내랑
男根石 돌가루랑
고으고 푹 고아
회임약으로
내다 팔면, 오매
떼부자 될끼다

放 生

——세존도에서

석가 세존께서 보낸 돌배는 눈감고 둥둥
떠 있지만 사월초파일 大慈大悲는 백목련처럼
만개한기라 행여, 새끼 거북이로 둔갑한 자라 에미
바다로 보낼까 땀나네

——나무관세음보살

滑 稽
——입동 전후

참쌀 ○지
₩2,000
물 ○ 바나나
₩3,000

송파구 오금로에서 하남 I.C로 꺾기 직전 손바닥
만한 빈터엔 파카에 싸인 한 쌍의 아낙과 남정네가
빗물이 미끄러지다 어랍쇼! 잘못 밟아 꾸겨논
"종이광고안의장난"을 아는지 모르는지 열심으로
"찹쌀 모지"랑 "물 존 바나나"를 팔고 있다

살찐 바람은 플라타너스 모가지마다 킬킬
배꼽을 걸어놓고설랑 말발굽 소리로 히—힝 달아나고
바나나 닮은 낮달은 제 배꼽이 빠진 줄도 모르고 정
신없이
젖은 "광고"를 내려다보고 있다, 내려다보고 있다

텃 밭

가지

성난 연장 하나
꼬나 들고
땅속 두더지를
노리고 있다

옥수수

수염 달린 얼라가
서, 그 수염
무게로 휘어지는
허리뼈 한 뼘

풋고추

신생아실 어린
그것들이 몰래
아우 보러 왔다
터 팔고 갔다

은하수

오늘도 백조는 그림자도 없다　　　삼단 머리다발
좌우로 나뉘어 흐르는　　　가르마 같은 강이　　　밤
하늘을 남북으로 적신다

불쌍한 강 두만강 같은 강이다　　　시방, 그 강에는
제 명에 못다 죽은　　　죽은 별들이 손에 손잡고
뗏목을 타고　　　에리다누스 강을 건너 안드로메다
은하로　　　떠날 채비를 하고 있다

별을 띄우듯　　　풍선이라도 하나 띄워 보내고 싶
다

동토 견문록
——백두산

고향 보이듯 저승이
보이는 눈동자
그, 뒤안길로
百斗山이
걸어 들어간다
강냉이 백 천 만 말
양어깨에 메고

죽은 목구멍에서
白頭山은
걸어나온다
머리에서 발끝까지
하이연 슬픔
뒤집어쓰고

창자 비우듯
꿈조차 비운
울 할배는
천지를 가득

눈물로 채우고
폭포처럼 울 날을
기다리고 있다 기다리고 있다

失語症

——까마귀밥나무 까치밥나무 농사 짭짤하고
국수나무까지 용쓰니 어드랫든 밥 하나는 푸짐하다

별천지에서 옴직한
뜬금없는 편지에
그만, 말문 막히다
失鄕民도 아닌 내가……

황 혼

　피융 피융 피융　　　누군가의 저격으로　　　죽어
가는 태양의 생채기에서　　　구름으로 번진　　　아
흐! 저 피범벅　　　피가, 피가 타고 있는 황홀한 하늘
에다 검은 내장을 쏟으며　　　오늘이 또 꼬꾸라지는
구나　　　산이 지워지듯 지워지고 있구나

某年 某日
——비 그리고 맑음

수, 수천 개의 붓이 예고도 없이
열두 발 상무를 돌리다가, 화살처럼
저수지 가슴팍에 내려꽂혀
수, 수천 개의 은가락지를 그리는데
때까치 목소리도 날아와 앉는다

매미 울음에 다시 눈뜬
저수지는, 더더욱 말랑말랑한
젖가슴을 열고 물안개 보듬듯
애기봉을 보듬고 있다

오늘도 어제와 같이
해는, 서산 무덤으로 넘어가고
나도 곧 황혼이다

식물학 각론

—— 인동과

지난 연말 그 독한 한파에 괴짐이 도져
골병이 된 골병꽃나무가 말오줌에다 만병초 이파리를
고아먹고, 시방은 시베리아 바람도 겁내는 나홀로
미스터 코리아인기라
겨울나기에 이골이 난 각시괴불도
佛頭花도 金銀忍冬도 文官花도 딱총도 분꽃나무도
무릎꿇고 성님성님 해쌓는다

대보름

깨진 유리조각 같은 잔 별을 쓸고
쓴 빈 하늘에서 둥근 달만 저 혼자
쥐불을 놓고 있다

제웅 사려……

3
시골 처녀나비

제비꽃

구름 아래로
죄없이 귀양 온
작은 별들이 엄매 잃은
병새리처럼 삐약거리다 잠들고

올 봄도
절반은 이미
앉은뱅이다, 오랑캐다

春 鬪
── 봄 · 진눈깨비

꽃이 피기 전에
하늘에서 날아오는
흰나비떼

땅에 앉자마자
모가지가 댕그렁
댕그렁 잘리고 있다

올 봄과 갈 겨울이 서로 머리끄댕이를 붙잡고
대판 드잡이질 하나니 시린 것은 발가락이요
터지는 것은 새우등인기라 나는 감자나 맥이며
청군 이겨라 백군 이겨라 한다

시골 처녀나비

버들강아지
눈뜨니

미운 겨울 치마
보리밭에 걸어 놓고

종다리 노래되어
삐르르 삐르르 날다가

아지랭이 무동 타고
아롱아롱 멀어진다

晩 春

돈나무 한 짐 진 홀애비섬 옆에
과부섬이
속살 다 내놓고 동그라니 누웠고
중매길로 나섰는지
청띠제비나비 한 마리 올락낼락하고 있다

파도는
처얼썩 떡방아 찧고
헌 잔치라도 한 판 벌일 모양이다

初 夏

날이 푸른 시퍼런
녹색 도끼가
꽃나무떼 암내를 뽀개고 있다

쿠데타다

傾 聽

────해창만 수로에서

    갈대

생각하고
또, 생각해 봤지만
하루에
빵 세 개는 먹어야 쓰겠소
파스칼 선생!

    부들

시장하시면
제 핫도그를 드시죠

    마름

붕어야 붕애야
꼭꼭 숨어라
가물치가 술래다
머리카락 보일라

아울러, 수련이나 말풀 줄풀 검정말
개구리밥도 저희끼리 뭐라 도란도란
해쌓지만 징한 바람소리에 맹맹 귀가 맥혀
낚싯대 접고 철수하다

熱帶夜

에미별이 새끼별이랑 쭈그렁 박 같은 달도
데불고 시누대 휘어지듯 휘어진 강의 허리뼈에서
물장굴 치고 있었는데요 그중에서 맛이 간 새끼별
몇 놈이 기어이 매미 울음을 터트리는 것이었습니다
요

오매쩌
오우매 쩌어
쩌어어용——

도깨비들도 도깨비바늘로 스며들어 바늘마다
독을 풀고 있는 도깨비 같은 밤이 있었습니다요

성 묘

큰 빵 같은 집에서 곰방대를 들고 어험 어험
잔기침을 하시는 울 할배가 오늘도 굽어보는 들판엔
언젠가 똥이 될 똥빛 나락들이 고개 숙이고
처형될 날만 기다리고 있고

나는 새 바리캉으로 헌 머리털 깎다

冬 至

꼬리 아홉 개 달린 불여시 같은
바람이, 아직도 슬픔이 덜 마른
저승의 목구멍을 파 꺼내 들고
동네방네 귀신울음을 배달하고 있다

──紙榜이라도 한 장
써야 쓰것다

尋 人

서초구 팔백 년 향나무는 달마가 간
동쪽 하늘을 횡하니 정리해고하고 서쪽
하늘에만 기대 거짓말처럼 서 있다

내 눈에는
그 하늘이 그 하늘인기라

대낮에 호롱불 들고
사람을 찾던 그 사람이라도
찾아 뭘 좀 물어봐야 쓰것다

아무쪼록 급히
연락 바란다

갈 대
──── 아내에게

미안하다
미안해 ──

冬冬 찬 하늘
한 짐 지고

바람이 불 적마다
끄득끄득 생각나노니

凍凍다리로 動動거리느라
나도 모르게

허옇게 탄 내 머리카락이
참, 미안하다

첫사랑

눈
코
귀
이마하며
"으—앙" 할 때 그대로

전생에서
이승으로
똑, 똑 걸어왔다

──시방도
걸어온다

新 婦

순백 환희의
엔돌핀 한 그루가
仙母草를 배경으로 가을 하늘가에 봉봉 떠 있다

추운 편지

눈만 반짝이는 별 하나와 허리가 가는 달 하나가
한참 서로를 바라보다가 한 발자국씩 서로를 향해 걸
어가고 있다
닭이 울기 전에, 눈 하나와 허리 하나가 하나로 합칠
모양이다

씀바귀라도 씹다가
등뼈 휘어지고
검은머리 파뿌리 될란갑다
언 불씨 가슴으로 지피며

불쌍한 날 1997년 12월 3일, 깨진 유리창 같은
초겨울 밤하늘에는 엘리다누스 강도 지그재그로 얼고
있다
얼음뿐이다

개 미

8字가 대칭으로 쪼개져
엉금엉금 기는구나

고맙다
고마워

아직도, 졸라맬
허리가 있다니!

걸리버에게

쇠불알만한 찐 밤을
수직으로 쪼개
밤나무의 사랑과 진화된 유전자들의
살을 겁없이 파먹다가
문득, 호모 사피엔스의 체표면적을 절반으로
줄이고 금상첨화로 쥐색 뇌세포의 무게도
반절로 깎는 DNA 프로젝트를 생각하다

그러니까
짠 짠
작아지고 작아지니

조이고 쫄쿠는
IMF도 만만세다
건배 !

동 티

동네 장승 다 뽑아 온 동네 거덜낸 후레새끼들!
변강쇠란 놈 혼줄 빼듯 쌧바닥을 홀라당
빼가지고설랑 밑씻개로 내사 수출할끼다

밤마다 꿈마다 함양 장승 대방이가
팔도 벅수란 벅수는 다 데불고 고래고래 악을 쓰니
나는 또 가위눌린다

노상, 뜬눈으로 밤을 깔 수는 없고
푸닥거리라도 할낀가 말낀가
고민이다

4
하늘 목장

술래잡기

사시사철 동해에 백두산에
무궁화는 무궁화꽃만 피우고 피움시롱
"무궁화꽃이 피었습니다 무궁화꽃이 피었습니다"라고
해쌓는데 솜다리도 금붓꽃도 처녀치마도 며느리주머
니도 현호색도 산괴불주머니도 은방울꽃도 꼭꼭 숨어
머리카락 한 올 보이지 않는다

헛봄이다

인 어

태풍이 불 적마다 그 태풍 따라 바다로 떠난 누이는
밤이면 밤마다 인어가 되어 돌아온다, 오늘도 그랬다

——지느러밀 잘라 드릴게요
데쳐 잡수세요

가로등 불빛   해운대…… 청량리……미아리
횟집—횟집   대형 핑크빛 수족관   도미의,
농어의, 방어의 꼬리지느러미   박하향 스민 볼록
가슴
鼻口目耳   삼단 머리다발 혹은 숏커트
좌우 상하의 황홀한 遊泳

——앞가슴은 회로 드셔요
보약이 한 첩이라구요

새벽이면 하늬바람 타고 다시 또 바다로 간 누이는
비너스의 거품으로 사라지지만, 오늘도 인어는 있다

간이역

산모롱이 돌아　　　달려오는 汽笛　　　차마 떨어
지는 그림자 한 쌍　　　달빛 수북히 쌓인 뜨락
엉겅퀴 꽃패랭이 질경이 달개비…… 울음 멈춘 소쩍새

여름 가고
가을 와, 가을도 가면

며느리밥풀꽃은
기다리다 시들고

바람소리만
마중 나와
머리 풀고 울고 있다

목쉰
汽笛처럼

블랙홀

일용할 양식으로 헌 별 드시고
용트림하시는 어린 하느님

시간도 불타는 화장터에서
이제 와, 우리 죽으니
우리 죄를 위하여 빌으시고
억겁을 울 줄 아는 새가 되게 하소서

공개강좌·1

오늘은 우리가 정말 알아야 할 벌레 이름 여덟 가지
를 말씀드리겠습니다.

먼저 소나무재선충 밤나무순흑벌　　　다음은 채소
바구비 벼물바구미　　　그리고 흰개미 애집개미
마지막으로 감자나방 줄일락명나방

이번에는 떼벌레를 앞세우고 일본은 이미 와 있습니
다. 호모 에렉투스 다음으로 우리의 산과 들을 산송장
으로 만드는 재주가 희한합니다. "대한독립 만세"를 다
시 부르고 싶습니다. 사실, 우리는 뵈지 않는 "害蟲共
和國"에 살고 있는 셈입니다. 알게 모르게 우리가 아메
리카나 구라파에서 수입한 놈도 허다합니다만 요즘 때
가 때인지라 이것으로 끝내겠습니다. 감사합니다.

오늘은 조선시대의 우리가 고리백정이나 서출 대하듯
대하여 온 식물 몇 가지를 소개하겠습니다.

먼저 벼과엔 8종이 있습니다.
나도 강아지풀
나도 개피
나도 겨이삭
나도 기름새
나도 딸기광이
나도 바랭이
나도 바랭이새
나도 겨풀

다음 백합과의 3종　　나도여로 나도개감채 나도
옥잠화 그리고 난과 4종　　나도제비난 나도새눈난
나도잠자리난 나도풍난

"나도 밤나무"라고 우겨 "어린 율곡 선생의 虎患"을
쌈박하게 해결한 나도밤나무를 기억하시겠죠. 20세기

를 마감하는 우리 호모 사피엔스를 "식물"이라고 가정
하면 "나도호모사피엔스"라는 색다른 잡초도 있을 겁니
다.
　그렇다면 그들은 과연 어느 하늘 아래 숨죽여 숨어
살고 있을까요?

　오늘은 이것으로 끝내겠습니다. 감사합니다.

공개강좌 · 3

일억 년을 일 년으로 치면 우리 지구는
방년 46세입니다.

얼음 지옥을 네 차례나 탈출에 성공한 그녀는
요즘, 빤츠도 브라자도 내던져 버린 채
사우나중이고
일주일 전에 태어난 호모 사피엔스는 그녀 내장을 꺼
내 들고 "일 분 전부터 산업적이고 혁명적으로 불꽃놀
이*"를 즐기고 있습니다.

빨강
주황
노랑
초록
파랑
남색 및 보라의 가시광선이
풀과 나무에 머물다가
토끼 다람쥐 여우 호랑이도 기르고는
흙으로 돌아가 잠시 쉰 다음

적외선으로 우주에 귀향
마침내, 블랙홀로 사라지기까지는
과연 몇 초나 걸릴까요?

그리고, 150년 전 당시 콩알만한 우주를
맨 먼저 폭파하실 줄 아는 그 손은
누구의 손인지요?
지난 일 분이 한 달이고 일 년인 것만 같아 가슴은
답답하고 숨이 찹니다.

10^{20}개 이상의 별 중에서 방년 46세인 그녀를
전 아직도 미스 우주라 믿습니다. 감사합니다.

* F.T.메켄지, J.A. 메켄지 공저,
『환경변화와 인간의 미래』, 51쪽

蘇 鐵

고생대의 막내로 태어나 계속 용맹정진 해온
그녀는 홍옥이 알알이 박힌 금빛 왕관을 쓰고
수십 개의 강철 촉수로 제 아랫도리를 가린 채 서 있
다

냐아웅

고양이같이
이쁜 년

독후감

고니와 재두루미가 이동할 때 그 날개 힘을
이용하여 소혹성 B612호로 날아간 쌩 떽쥐베리는
어린 왕자랑 다시 만나 숨바꼭질하다가
둘이 하나 되어 화산도 쑤시고 바오밥나무도 솎아주
며
밤이면 밤마다 별 한 송이를 피우고 있으리라 믿어진
다

하늘 목장

밤하늘이 별을 기르듯 가슴에서
가슴으로 곰, 사자…… 돌고래까지
기르는 사랑아!

별은 지가 별인 줄도 모른 채
별자리로 눈이 살아, 샛강에서 둠벙에서
찰랑찰랑 반짝인다

겨우살이*

밤나무라 지화자 조타　　　쾌지나칭칭 나네
나는 간다 너도 가자　　　쾌지나칭칭 노네
참나무라 얼씨구 조타　　　쾌지나칭칭 나네
이제 가면 언제 오나　　　쾌지나칭칭 노네

앞소리 뒷소리로 무동을 타고　　　하늘 오르는
떼 겨우살이　　　시월 상달 자작나무숲에서
머리는 봉두난발 까치집이다

올 겨울도
하늘에 매달려
겨우겨우 겨울 삼시롱
어깻죽지에 날개 달아줄
새를 기다린다

*겨우살이: 겨우살이과. 참나무, 팽나무, 물오리나무,
밤나무, 살구나무 및 자작나무에 기생하는 식물로
숙주에는 해가 없다.

十長生
——돌밭에서

산에서 들에서 흘러 흐르다
기어이 구름이 될
물 안에는
송편 빚듯 돌을 빚는
기찬 손이 있어
에미거북이랑 새끼거북이도 갈고
다듬다가 천 년을 쉬엄쉬엄
두루미도, 사슴도, 소나무 위에 뜬 해까지
돌에 부벼 넣는다

虛虛 돌밭 어디엔가
불로초 한 포기쯤 피웠음직하건만
아무래도 두 눈으론 찾을 길 없다

瑞香木

   옛날 옛적 한 젊은 스님이 가부좌 틀고 바야흐로 득
도의 절정에서 그만, 천리 밖 향기에 취해 혼절을 했는
기라 그 뒤 스님의 방귀좀은 십리 안팎 벌과 나비를 불
러 들여왔고 밤이면, 하늘나라에서 가장 아름다운 처녀
별이 내려와 스님의 들숨 날숨 따라 들락날락 하는 것
을 우리 집 상머슴 천두의 아버지의 아버지의…… 아버
지가 보았다 한다

귀향

──석모도

하루에 한 뼘은 더 긴
서해 노을이
모닥불 피듯 피어오르면
피가 타 재 된
어린 울음 하나

흘러와 머물고 또 흐르다
그만, 갈매기에 채여
보문사 종소리를 타고
서쪽 하늘 天쯤에서 구름
피우듯 목련으로 다시 핀다

下山

바람은 안개를 옆구리에 끼고
이승 저승 고샅길을 넘나들고 있다

下棺을 하고
떼풀 덮으니
올라온 길 따라
슬슬 내려갈 때다

고향과 자연의 중심축 혹은 그 회로
—— 김춘추 시인의 시세계

洪起三(문학평론가)

　사람마다 가슴에 상자 하나씩을 가지고 산다. 그 상자 속에는 그 사람의 생각과 언어가 담겨 있을 것이다. 이 땅의 아버지들이 영특한 아들에게 흔히 바라는 직업은 대체로 법관이나 의사였다. 의사나 법관의 가슴 상자에는 무엇이 담겨 있을까. 법관들은 아마도 인간의 범죄적 욕망, 폭력, 간악한 이중성, 범죄를 구성하는 인간성과 여러 조건들, 인간의 범죄를 기다리는 저 무수한 함정들, 범죄자들에 대한 멸시와 범죄에 대한 공포 같은 감정들이 가득가득 들어 있을 것 같다. 의사들은 이와 전혀 달라서 인간의 질병, 질병을 유발하는 알 만한 이유와 그것을 유발하는 알 수 없는 이유에 대한 공포, 질병의 고통, 형이상학적 종교적 과제가 아닌 죽음의 문제, 삶과 죽음에 대한 신경증과 불감증, 그런 것들이 그들의 상자 속에 가득 차 넘칠지 모르겠다.

　그러나 법관처럼 권력이 없고 의사처럼 의술을 베풀지도 못하는 시인들의 가슴속 상자에는 과연 무엇이 들어 있을까. 그들은 비록 가진 것 없고 가난하여 남에게 베풀지도 못하는 사람들이지만 그들의 가슴 상자에는 결코 소멸하지 않는 불멸의 보석들이 가득히 채워져 있다. 진주와 같은 사랑, 루비 같은 그리움, 어떤 꽃보다도 아름다운 설레임, 음악보다 감미로운 슬픔, 새벽녘의 이슬방울 위로 불어오는 미풍이나 일몰의 서녘 하늘보다도 아름다운 추억의 이야기들이 그 상자 속에서는 언어로 환생할 날을 기다리며 은거하고 있다. 이 짧은 인간의 생애에서 일평생 타인의 죄악만을 바라보며 살아가는 법관이나 일생동안 타인의 질병과 그 고통을 대상으로 살아가는 사람들에 비한다면 시인은, 그가 비록 가진 것 없다 하더라도 일평생 아름다움만을 대상으로 살아간다고 할 때 그것은 분명 그 어떤 것과도 비교할 수 없는 축복일 것이다. 시인의 언어에는 유효기간이 없다. 그들의 언어는 일회용 소비재처럼 사용 후에 폐기되는 소모품이 아니다. 오히려 여러 사람이 오래오래 사용할수록 그 빛과 값을 더하는 보석과 같다. 그들은 그것을 가지고 살아가는 것이다.

　이 시집의 저자인 김춘추는 의사다. 그는 많고 많은 우리나라 의사 중에서도 손꼽히는 혈액종양학 전문의다. 우리말에 "골수에 사무친다"는 말이 있지만, 몸속 깊이 사무치는 병인 골수의 암인 백혈병이라는 무서운 병을 잘 물리치는 명의다. 그는 그토록 무시무시한 질병과 일생을 싸워오면서 그의 가슴 상자 속에는 온갖 고통의 생각과 언어들로 가득 차 있었을 것이다. 그런데 그는 우리에게 이토록 아름다운 또 다른 언어의 보석상자를 들고 나타나 놀라게 하고 있다. 아마도 그는 유년기로부터 청소년기에 이르기까지 그가 체험한 시적 대상들을 버리지 않고 그의 가슴 깊이 감춰두었다가 망각의 세월을 아득히 지나면서 그것의 부활을 위해 끊임없이 이상한 꿈꾸기를 계속한 모양이다.

그렇다. 그의 시는, 딴 세상에서 그가 이승의 꿈을 꾸다가 깨어나 우리들에게 그 많은 꿈의 조각들을 보여주고 있는 것 같다. 그가 꿈꾼 곳이 딴 세상이 아니라면 아마도 그것은 그가 경험한 유년기의 고향일 수도 있고, 오늘을 살아가는 많은 사람들이 상실한 '자연'에 대한 경험의 추억담이 탄생한 곳인지도 모른다.

그렇기 때문에 그의 시세계를 구성하고 있는 중요한 요소들은 변하지 않는 가치로서의 자연, 토속적 세계, 고향의 사물, 생명에 대한 외경, 동화적 심상과 민담적 상상력 등이다. 그의 시에 도시 문물과 과학에 대한 객관적 상관물이 간혹 생소한 이미지로 나타나지 않는 것은 아니지만 그러한 모더니티조차도 시인의 고향행 기차를 갈아타기 위한 換乘의 기차표거나 귀향의 회로를 만들기 위한 시적 기호에 불과한 것이다. 그의 시는 철저하게 그의 원체험을 이루는 고향과 자연에 중심을 두고 있다. 별에 대한 시가 많은 것도, 성인동화 같은 민담적 세계의 뿌리도 모두 그곳에 있다.

　목이 타 산봉우리가

내려와 앉은
강의 사타리에서
바람은, 山茶花 피듯
핀 노을을 흔들다가
물이랑을 따라
山寺의 종소리도 심고 있나니

이윽고 거문고를 울리며
눈뜨는 별들——

相思花 별밭에서
홀로 빛나던 각시별 하나가
눈썹 위로 날아와
나더러 같이 별이 되잔다
독수리 날개 타고 올라가잔다

　이 시는 '七夕'이라는 부제가 붙은 「아우라지에서」의 전
문이다. 황혼 무렵, 들녘의 고즈넉한 정경과 별들이 돋아
나는 초저녁 밤하늘의 모습을 그린 작품이다. "목이 타 산
봉우리가/내려와 앉은/강의 사타리에" 이 작품의 시작은
이렇다. 산 밑에 강이 흐르는 것은 산봉우리의 갈증 때문
이라는 것이다. 그런데 그 강의 은밀한 사타리엔 바람이
불고 있다. 마치 山茶花(동백꽃) 꽃빛처럼 붉게 핀 노을을
흔들어 보기도 하고 물이랑을 따라 들려 오는 山寺의 종

소리를 물이랑에 심고 있는 바람. 그 무렵 마침내 별들이 눈을 뜨기 시작한다. 별이 저 홀로 눈을 뜨는 것이 아니라 아득히 먼 곳에서 거문고 소리를 들으며 눈을 뜬다. 이제 막 피어난 꽃잎이 먼저 시든 잎새를 그리워하듯(상사화) 서로 만나지 못한 채 그리움만으로 살아가야 하는 별들이 여기저기 나타나기 시작한다. 그때 각시별 하나가 나타나더니 시인에게 함께 별이 되자고 하고, 독수리 날개 타고 함께 하늘로 떠나자는 내용이다. 부제를 유의한 독자라면 이미 짐작하였겠지만 이 작품의 모티프는「견우와 직녀」의 내러티브에서 취한 것이다. 견우와 직녀는 일 년에 하루, 한 번만 만나기 위하여 일 년 내내 헤어져 그리움만으로 살아가야 하는 슬픈 설화 속의 남녀다. 하루를 만나기 위하여 삼백예순 날을 줄곧 헤어져 살아야 하는 이들의 만남과 이별의 방식은 그 어떤 남녀의 만남보다도 비극적이다. "相思花 별밭에서/홀로 빛나던 각시"는 견우를 찾아온 직녀의 모습이며 별이 되어 하늘로 함께 가자는 그녀의 제의는 목숨을 건 극단의 그리움을 보여준다. 별에 대한 또 다른 작품으로 다음과 같은 예를 볼 수 있다.

깨진 유리조각 같은 잔 별을 쓸고
쓴 빈 하늘에서 둥근 달만 저 혼자
쥐불을 놓고 있다

제웅 사려……

　이것은 단시 「대보름」의 전문이다. 시인은 밤하늘에 널려서 반짝이는 별들의 모양을 깨진 유리조각 같다 하고 그 별들을 쓸어버린 것은 달이라 했다. 별들을 모두 쓸어버린 허공 속에서 저 혼자 쥐불을 놓듯 불빛을 내뿜고 있는 것은 대보름달이다. 정월 대보름에 시골 어린 아이들의 쥐불처럼 허공에서 빛나는 달의 이미지는 바로 이해할 수 있다. 그러나 "별을 쓴다"거나 둥근 달이 저 혼자 허공에서 빛난다는 시적 구성에는 다소 유의할 문제가 있다. 신라시대의 향가인 「혜성가」를 읽은 독자라면 그 시에서도 화랑이 금강산에 온다는 소식을 듣고 허공에 등불을 켜는 달과 그들을 맞이하기 위해 길을 쓰는 별의 이야기를 기억할 것이다. 화랑을 맞이하기 위해 길을 쓰는 별과 허공에 등불을 켜는 달, 그리고 달과 별의 영접을 받으며 금강산을 찾아가는 젊은이들의 조화는 우주적이다. 그런데 이 시에서는 달이 저 혼자 하늘에서 빛나려는 듯 유리조각 같은 별을 쓸어 없애는 것이 「혜성가」와 다르다. 여기서 달의 모습은 차라리 月明星稀(달이 밝으면 별이 보이지 않는다)라는 단순한 묘사처럼 변형되어 있으나 그 정경은 흡사하다.(별이 길을 쓴다는 은유는 혜성의 꼬리가 빗자루처럼 생겼다는 상형성과 관계가 있다.) 그런데 이 작품의 끝은 "제웅 사려……"로 되어 있다. 이 갑작스런 종결은 또 무엇인가. 제웅은 쥐불과 달리 정월 대보름 전날 볼 수 있었던 허수아비(草人, 草偶人)이다. 정월 열나흗날 제웅을 가지고 노는 제웅치기니, 제웅놀이니 하는 아이들의 놀이 풍습이 있었고 제웅직성(直星)에 관한 민속도 있었다. 아이들은 제웅 속에 들어 있는 푼돈을 꺼내어 갖기도 하고 제웅을 땅바닥에 두들기며 놀기도 하였다. 그런데 제웅직성은 나이에 따라 별을 정하고 그 별에 주기적으로 인간의 불행을 예방하는 습속이 있었다.("직성이 풀린다"는 말도 여기서 유래한 것이다. 하려던 일이 마음먹은 대로 이루어져 마음이 편해진다는 뜻이다.) 이 시의 "제웅 사려……"라는 간결한 종결은 그처럼 많은 고향의 이야기들을 함축하고 있다.

　　호수에 밤이 오면
　　예배당 꼭대기 위에
　　북십자성이 떠 젖는다

　　바람이 불 적마다
　　별떼는
　　백조가 되어 미리내 고향길을
　　하늘하늘 날아간다

　　대낮에도
　　날아간다
　　눈 감으면──

「북십자성」의 전문이다. 호숫가 예배당 첨탑 위에 떠 있는 북십자성의 분위기는 다소 전원적이면서도 서구적인 것이기도 하다. 그러나 바람이 불 적마다 별들은 금방 백조가 되고 그 새들은 미리내가 있는 "고향길"을 향해 날아간다. 그리고 그 새들의 모습, 즉 고향을 향한 새들의 날개는 대낮에도 눈을 감고 볼 수 있다. 고향(자연)을 향한 시인의 그리움이 잘 나타나 있다.

그의 고향을 향한 동화적 상상력을 드러내는 시편들 역시 적지 않다. "가만히 일곱 살 적/귀를 열면/물레소리/베틀소리/빨래소리/―― 울 어매랑 같이 살던/그 소리들이/실비를 씨줄 삼아/버들치 어름치 비늘로/비단을 짜다가/하이얗게 썩은 머리다발/내 초겨울의 나이도/비단 헹구듯 헹구고 있다." 이것은 「母音」이라는 시의 전문이다. 어머니와 함께 살던 고향의 이야기이지만 시인의 나이는 일곱 살이다. 그가 기억하는 것은 "어머니의 소리"들인데 그 소리들이 실비와 생선비늘로 짜는 것은 비단이다. 고향에 대한 동화적 환상과 기억일 것이다. 시골 어느 古木에 대한 동화적 형상화인 「신상명세서」, 오염되고 황폐해진 농촌을 풍자한 「비공개문건」, 우주, 시간, 존재를 짧게 엮은 「블랙홀」, 쌩 떽쥐베리에 관한 동화적 서사로 접근한 「독후감」도 그렇지만 다음과 같은 작품 「熱帶夜」도 다분히 삶과 우주에 대한 소년적 감수성이 만들어내는 민담적 발상에 가까워 보인다.

에미별이 새끼별이랑 쭈그렁 박 같은 달도

데불고 시누대 휘어지듯 휘어진 강의 허리뼈에서
물장굴 치고 있었는데요 그 중에서 맛이 간 새끼별
몇 놈이 기어이 매미 울음을 터트리는 것이었습니다요

오매쪄
오우매 쩌어
쩌어어용——

도깨비들도 도깨비바늘로 스며들어 바늘마다
독을 풀고 있는 도깨비 같은 잠이 있었습니다요

이처럼 김춘추의 시는 도시문명이나 근대적 문물과 무
관한 우주, 자연 및 상상력의 세계에 집중되고 있다. 그것
은 때묻지 않은 농경사회적 감수성이라 부를 수도 있겠지
만 불변의 가치를 갖는 자연을 최상위에 두는 낭만적 세
계의 구성방식이라 말할 수 있겠다.

그의 시는 대체로 일상의 화법을 용납하지 않는다. 그는
곱게 성장하는 소철을 보고 "고양이처럼 예쁘다"라고 직
유하는 대신 "고양이같이 이쁜 년"이라고 의인화한다(「蘇
鐵」). 그는 춥고 힘겨운 세상을 冬冬→凍凍→動動과 같은
세 개의 단어로 압축하는 말놀이 재능을 보이기도 한다
(「갈대」). 쇠불알→찐 밤→호모 사피엔스→DNA 등으로
전이되는 이미지, 개념에 의해 졸아들고 작아지는 IMF
이야기까지 이르러 버리지만, 강요된 가난에 대한 심각한

經世訓이 아니라 희화적 어법으로 그 모두를 반전시킨다. 자연이 파괴되는 것을 안타까워한 작품 「공개강좌 · 1」이나 보신 효과만 있다면 무엇이든 먹어치우는 세태를 비탄한 「비목」의 경우도 모두 익살스런 풍자적 어법으로 전환하고 있다. 그러나 그가 어떤 경우든 간접화법에만 의존하는 것은 아니다. 가령 문화적 전통과 종교의 관계를 이해하지 못하고 장승을 파괴해버리는 사람들에 대해서는 "동네 장승 다 뽑아 온동네 거덜낸 호로새끼들!"이라고 여과없이 분노를 드러내기도 하며 작품 「동토견문록」에서는 "천지를 가득/눈물로 채우고/폭포처럼 울 날을/기다리고 있다 기다리고 있다"고 절규하듯이 분단의 고통과 통일의 비원을 토하고 있다. 그러나 그의 시적 재능이 잘 드러나는 대목은 우리들의 마음 깊이 육화된 해묵은 심상들이 오늘을 살아가는 사람들의 언어로 절제있게 재생되는, 그 밀도 높은 시적 성취에 있을 것이다. 「冬至」는 그 좋은 예의 하나다.

꼬리 아홉 개 달린 불여시 같은
바람이, 아직도 슬픔이 덜 마른
저승의 목구멍을 파 꺼내들고
동네방네 귀신울음을 배달하고 있다

──紙榜이라도 한 장
써야 쓰것다

이 시는 추운 겨울 어느날 매섭게 부는 바람을 형상화하고 있다. 꼬리 아홉 개 달린 불여우(구미호)처럼 온갖 조화를 부리며 부는 겨울 찬 바람은 도시에서는 좀체 경험하기 힘든 바람이다. 때로는 서럽게 우는 듯하고 때로는 성난 맹수처럼 울기도 하는 바람, 간혹 소리를 감추며 자지러지다가도 어느 틈엔가 거친 파도처럼 몰아치는 겨울 밤바람은 사납기 그지없다. 아무런 모양도 드러내지 않으면서 천변만화의 기승을 부리는 겨울 밤바람은 미상불 불여우만큼이나 두렵고 불가해한 대상이다. 그 바람 소리는 예사로 경험할 수 있는 소리가 아니라 마치 "저승의 목구멍"에서 나는 듯한 참담하고도 기괴한 소리인데 그 소리를 바람이 '배달'하고 있다는 것이다. 그래서 시인은 그 공포와 불여우의 장난을 처단하기 위해 아무래도 "紙榜 한 장"을 써야 되겠다고 능청을 떠는 것이다. 紙榜은 이승에서 저승으로 보내는 간절한 전언이지만 이 시에서 지방의 기능은 딴전 피우기이거나 절묘한 시적 反轉일 것이다.

이처럼 별에게 보내는 시, 민담적인 발상으로 이루어지는 동화적인 시, 토속적인 심상들에 바쳐지는 그의 시편들은 시인이 체험한 도시의 저 황폐하기 짝이 없는 문명에 대한 거부이며 그 비판을 또한 함축한다. 그것은 우리들 본연의 모습을 온전히 보존하고 있는 고향과 자연으로 되돌아가기를 희망하는 傳言이거나 回路일 것이다. 그래서 이 시인의 토속적 심상이나 순수서정은 그것으로 되돌

아가기 위한 換乘의 기차표같이, 고향을 상실한 이들에게
설레임 같은 향수를 환기하는 것이다.

김춘추(金春秋) 시인의 약력

•

1944년 경남 남해 출생.
가톨릭대학교 의과대학 및 동대학원을 졸업하였으며
현재는 가톨릭대학교 의과대학 교수와
가톨릭조혈모세포이식센터 소장으로 재직하고 있다.
1998년《현대시학》으로 등단하였다.
시집으로는『요셉병동』이 있다.

하늘 목장
김춘추 시집

•

초판 1쇄 발행일 · 1998년 6월 1일

•

저자 · 김춘추
펴낸이 · 김종해
펴낸곳 · 문학세계사

•

주소 · 서울시 마포구 신수동 345-5(121-110)
전화 · (02)702-1800, 702-7031〜3
팩시밀리 · (02)702-0084
출판등록 · 제21-108(1979. 5. 16)

•

＊값 5,000원

•

ISBN 89-7075-126-2 03810
ⓒ 김춘추, 1998

＊저자와의 협의에 의하여 인지를 생략합니다.